Romance del Gen

1492 versos para la Hispanidad

Diego de Juan

Copyright

*A mis estudiantes de español en América,
por descubrirme España.*

Índice

Prefacio del Navegante

Romance del Gen es el comienzo de una aventura literaria que lleva por título *Rumbo 270°: España, una misión poética*. Dicha aventura, no es ni más ni menos que un reconocimiento a España y a su misión universal; por ende, a Hispanoamérica y a toda la comunidad hispanohablante de Nuestro Mundo. El objetivo es compartir mi visión de ese trayecto milenario que emprendió un día España, mi patria, desde un claro prisma literario y expresado en forma poética.

La expresión poética de los hechos históricos les concede la emoción y la belleza que a menudo se olvida, y la trascendencia de la empresa histórica española no merece menos. De pequeño, me llevaban a dibujar castillos por la provincia de Segovia, a jugar en los peldaños del Museo del Prado, a ver los cuadros del mismo, a bañarme en el Mediterráneo, a degustar empanadas de berberechos en la Ría de Noia, a montar en los triciclos y en las barcas del Retiro, al Escorial, a indagar por las ruinas de iglesias románicas, a bailar pasodobles en la plaza del pueblo, a ver aterrizar aviones, a subir montañas, a comer en las casas de las abuelas, al pinar, al circo, a ferias, a procesiones, al teatro, a desfiles, al fútbol, al mercado, etc. Esas escapadas, a la fantástica realidad de la cultura del país donde crecí, fueron añadiendo versos a un postrero *Romance*.

Me considero un tipo con suerte, en gran medida por las personas y los lugares que me han educado. Aparte de todos aquellos que me llevaron de la mano a los sitios que mencioné antes, quiero también destacar al Ramiro de Maeztu, por la formación académica y social que me brindó; fueron los años de la Transición Democrática y de la transición de mi infancia a la adolescencia. Después, agradecer a Tomás Mestre Vives, antiguo profesor de Historia Moderna y Contemporánea de Iberoamérica de la Universidad Complutense, toda la sabiduría que compartió con nosotros allá por el 1992. Por entonces, ya nos hablaba con amplio bagaje y espíritu crítico de lo que ahora está tan de moda: La Hispanidad (que no deje de estarlo), Leyenda Negra (y Rosa), Geopolítica (tema infinito ése), EE. UU. y su relación con el Mundo Hispano (¿?), etc.

Hace más de veinte años que regresé a las aulas, esta vez para aprender como maestro. Todos los alumnos que han formado parte de mis clases de lengua y literatura española en Estados Unidos, me han seguido educando; debo hacer una mención especial para los del Programa de Herencia Hispana, pues el resultado es de lo más gratificante: pasión por el idioma español y por nuestra cultura hispana.

He de confesar que llegué a admirar la literatura más tarde que muchos otros. Quizás me enfoqué más en vivir que en leer, y aunque los dos son compatibles, las circunstancias vitales se dieron así. Eso sí, nunca me faltaron: un destino adonde viajar, un periódico debajo del brazo, ni un mapa entre mis manos... Y un día, la vida, me emparejó con el romancero viejo, y desde entonces somos inseparables. El romance es original nuestro y lo tiene todo para encandilarnos. Como les digo a mis alumnos, el Romance con mayúsculas te da las respuestas: **R**ima pares, **O**ctosílabos, **M**edioevo, **A**sonante, **N**o hay límite de versos, **C**anción, **E**stribillo.

Este libro es una labor de más de un año de escritura, pero de décadas de singladuras. Cada verso es un momento que interrumpe la vida diaria, una imagen en medio de una explicación en clase, un recuerdo del pasado, y por supuesto, una explosión de orgullo al contemplar instantes en el día a día que unen la memoria con el presente y el futuro de la Hispanidad.

Entre lenguas y leguas, códices y constelaciones, cifras y creencias, este *Romance del Gen* canta lo que aún está muy vivo. 1492 versos: tantos como razones para mirar al horizonte.

En mi libro, unos personajes permanecen en su época, algunos se adelantan a la suya, y otros las traspasan todas...

Diego de Juan

Capitán Cervantes

Por el castillo de popa
se veía el buen semblante
de un elegante soldado
al que apellidan Cervantes.
Hay batalla encarnizada,
contra el turco es el combate,
sacó el arcabuz la bala
y a su brazo mucha sangre.
Fue la más alta ocasión
que presenciaron los mares,
la contienda terminó,
también el infiel gigante.
¡Gran valor tiene esta Patria,
que derrota al protestante
y guarda a la Cristiandad
de la invasión del Levante!

Ya el otomano vencido
es momento de sentarse,
y vendar la mano herida,
pues su diestra... ¡Dios la salve!

Anochece don Miguel,
la hemorragia es abundante,
se va tinta a borbotones,
el desmayo, inevitable.
Cámara del capitán
su puerta deprisa se abre,
el galeno ahí lo lleva
con pupilas alarmantes.
No más cartas en la mesa,
astrolabios, ni cuadrantes,
su cuerpo acostado está,
¡por Homero urge salvarle!

Un torniquete requiere
«el Savedra del Henares»,
nervio seccionado queda
y tullido en adelante.
Tendido en un largo trance
divaga pluma pensante,
y sueña cómo ha leído,
mil novelas ejemplares...

¡Gran Español Navegante!

Mar del Medioevo

—¡Ay, ay de mi Real Armada!
¡Ay, ay la Sacra Santa Sede!
¿Qué habrá sido de Don Juan?
¿Se habrá enterado «el Prudente»?

—¡Mi Capitán, don Miguel!
Avive el seso y despierte,
Las Navas se consiguió,
son pesadillas de fiebre.

—En Las Navas nunca estuve,
ni tampoco en Guadalete.
¿Dónde estamos marinero?,
no recuerdo allí presente.

—Adonde los ríos van,
en la mar, no en continente,
con Grecia y Roma detrás,
y el Cabo de Gata, enfrente.

—¿Y en cuál época yo me hallo?,
pues gran confusión me crece,
y viniendo de un percance,
nadie el jaleo merece.

—Capitán, la medieval,
la de épica, gestas y héroes,
de romances fronterizos,
de abad, incunable y peste.

—Marinero, no me place,
mente con más oleaje,
meterse en un vendaval
es más, de mis personajes.

—Culpa no tengo señor
que la magia sople el aire
por el castillo feudal,
y a la orilla de los mares.

—Tu voz recuerda al Arnaldos
con su superior linaje,
tratando de averiguar
de la canción el mensaje.

—Y vos a mí al otro conde,
Lucanor, era su nombre,
no dejó al ayo un instante,
ni una duda en el alambre.

—Dices cosas tú muy sabias,
me pregunto yo quién eres;
es imposible llegar
a esa conclusión tan célebre,
sin ir a universidad
o hacer migas entre reyes.
Yo repito: ¿a quién mi honor,
dicha compañía debe?

—Soy el hijo de un segundón
pero criado con infante,
y de Sancho «el Fuerte» alférez,
mas no evité desenlace.
Después todo fue luchar
y de la envidia arroparme,
fui objeto claro de agravio,
destierro y feo desaire,
y testigo en Reconquista
que terminó en una llave.

—Tu calmado verso me hace
soportar el cabotaje,
y delata tu alta clase
pues metal portas de traje,
y yo envido mi pelaje
que te apoda *Sidi* el árabe,
pues con él, tú te mezclaste;
pero, Alhambra fue más tarde
que subieras la escalera
para hacer con Dios las paces...

—Es quilla del galeón
donde las cuadernas yacen,
en silla de mi trotón
donde logré gran avance.
Fue Castilla la pionera
en noticiar mi mensaje,
pero es brea de su pluma
la que da fama al lenguaje.

—Cide, no busco un halago,
sólo quiero complacer,
ser vehículo de historias,
sabiduría y paisajes,
y seguir la tradición
que empezó una loba madre.

»El latín, de quilla actúa,
las cuadernas, de romances,
y el gallego en la bodega,
nos pasó jarra abundante.
Alfonso, aquel sabio rey,
hizo mucho de su parte,
luego llegará Nebrija
con sus grandes alicates,
para ajustar las clavijas
y decirnos cómo se hace.

—No carda lana el latín,
nuestra esencia es más salvaje,
digo «arévacos y astures»,
pregunte a los Escipiones,
que por cierto a Roma dimos
los mejores gladiadores...

—¡Y también emperadores!
No me atrevo a preguntarte
si leíste el *Cerco* en parte
pues sería importunarte,
y sabe Dios si tu origen
en los reyes godos yace,

que, hacia dicho realengo,
un humilde nunca falte,
pues fueron ellos cruciales
en formarnos como nave.

—Sí, aquí en su gran camarote,
bajo las mil y una noches,
dicha *Numancia*, leí.
Mis celtíberos valientes,
que de su mito aprendí
que mi espíritu no muere,
que cabalga en la leyenda
y en las lenguas de la gente,
pasando a la eternidad
sin necesidad de puente.

—Precisamente lo dices
en tu mismo verso, Cide.
¿Qué sería de ese espíritu
sin idioma que lo explique?
Gracias al «vulgar» latín
cabalgaron con arzones,
donde poder agarrarlo
a estructuras y a razones.

—Don Miguel, mi Capitán,
celtas e íberos alegres
galoparon muchos siglos
sin miedo en donde caerse,
fabricando ellos soportes
para idiomas e inscripciones,

y si de grabar se hartaban,
tallaban piezas ecuestres
o bustos de bellas damas,
como la que se halló en Elche.

»Los que arribaron del Lacio
toparon con buena mies,
y vieron en cada cuerpo
ánfora de mil rubíes.

—Te digo, Cide, que abuelos
de vacceos, pelendones,
también ellos viajarían
hacia páramos mejores,
buscando templadas tierras
donde plantar ilusiones,
y en la Ibérica encontraron
más conejos que leones...

—Y cuando allí se asentaron,
mi querido don Miguel,
se dijeron: «somos libres,
para correr por doquier».
Sus días de vida simple
no necesitaron jefe
que a su sexta hora dijera:
«ésta es la hora más caliente».
No amanecieron en casas
de tres o cuatro niveles,
ni en atiborradas urbes
donde reinventar los trueques.

—¡Cid!, la vida aislada en castros
tiene menos de estresante,
es idílica y algo mágica,
mas pretender que a tu enjambre
nunca llegue Ícaro extraño,
no es teorema que cuadre.

»Los romanos aprendieron,
de los griegos, ecuaciones,
estos a su vez lo hicieron
de otras aglomeraciones,
y sabia solución vieron
de observar muchas funciones:
se resuelve equis más rápido
si calculan más actores.
Lo que te preguntas tú
y respuesta desconoces,
pregúntale a tu vecino
que quizás lo solucione.

»Grecia amaba razonar
y entrar en divagaciones,
su pasión logró sumar
adeptos a instituciones.
Luego vio que en su panal
empezó a abundar la miel,
y a mayor el movimiento
mayores roces de piel.
Si el caso pasa a mayores
y el roce termina en corte,
zánganos en la asamblea
hacen ley que lo reporte,
y aunque sentencia te duela,
piden que aceptes y acoples,

fijando así recto ejemplo
para otras generaciones,
que lentamente progresan
a bajas revoluciones.
En la Antigüedad fue un reto
organizar mucha gente,
de helenos aprendió Roma
a saber contentar plebe;
ningún pueblo sobrevive
dividido y sin un orden,
de eso se ocupó el Senado
que en sus bancos vio sentarse
togas de tela algo pobre,
con reyes, *patres* y cónsules.

—¿Es éste el romano Senado
que, si la batalla pierde,
el acuerdo no lo cumple
y públicamente invierte?
Para vencer a Numancia
cuatro o cinco generales,
cuatro lustros de campaña
y decena de elefantes.
Manzino a Pompeyo acusa
de faltar profesionales,
legiones a punta pala
y plaga de enfermedades.
Cuando la misma te ganan
te lo hacen pagar con creces,
ya que el resto de tus días
a sus dictados someten.

—Tu argumento es muy tajante,
y agrego, sin cuestionarte,
que a evitar eso aprendimos
en futuras situaciones.
Nadie «para» una conquista
como hicimos españoles,
fiscalizando el buen trato
de propios conquistadores.

—Don Miguel, no sé de qué habla
pues yo no paré un instante,
no sé a qué Edad se refiere,
nunca reposé a mis fieles.

—Confieso que me sorprende
que no te des cuenta, Cide.
Lo dijo San Isidoro
en su *Laudes Hispaniae,*
está aquí en mi estantería,
debiste leerlo aparte:
«Éramos grupo de pueblos
y nos juntamos en sangre,
Roma se sacó una regla
y nos midió en adelante,
desde aquel momento *Hispania,*
se convierte en nuestra madre».
¡Digo, *Mio Cid,* que tu cara,
reflejo de *Poema* es!

—¡Por Dios, mi señor Cervantes, no me trate de ignorante!
Nadie que decirle tiene, lo que esa *Hispania* sostiene,
a quien quiso rehacer, sus huesos sin fallecer,
e intentar recomponer, parte de imperio en debacle,
campeando por trigales, con paternóster y salves.

»Nací y viví *in media res,* y ya desde Burgos, muy bien me rodeé.
Con suerte me vino a ver Fáñez, quien era fiel, y Antolínez también,
pues me ayudó con baúles, dando gato por liebre, a Vidas y a Raquel.
A partir de Alcocer, aquellos árabes que invadieron lagares, derroté,
y al conde barcelonés, su Tizona, arrebaté.

»Valencia cerqué unos meses y vencí al contar los nueve.
Fabriqué rápidamente, señorío independiente,
pues en vida requieres, respaldo con haberes,
y mesnadas de valientes, no calmas con mujeres.
Dos cobardes señalé, que se decían infantes;
si no fuera suficiente, el carecer de coraje,
estos hijos de Lucifer, el rey a mis dos hijas une,
y ellos las atan a robles, haciendo vejaciones y tratando salir impunes.

»Menos mal que mi Bermúdez, que en duelo es mejor jinete,
en buen lugar arremete, haciendo «justa», aquella afrenta indecente.
Mala vida y mala muerte, para esos bellacos infantes e imberbes,
que perdieron la honradez, en el lecho y en el hecho de nacer.
Y a doña Elvira y a doña Sol, casé otra vez, con navarro y aragonés,
que el mudéjar de alcobas admiren, y sus criadas, las recojan bien.

Ya me lo anunció, el Arcángel San Gabriel:
¡Cabalgad Cide, cabalgad con Fe, que todo acabará bien!

—La voz que tu boca dice
es llama de tu alma, Cide,
ventana a espíritu libre,
de primeros españoles
que Retógenes preside.
Es el palo del bauprés
que lidera barco al frente
poca tela y mucho fuste,
falcata que olas enviste
y aguanta todo el salitre.

»Grecia de mesana quiere
asentar carga creciente
y equilibrar bien la suerte
dotando al buque de temple,
pues desde popa sostiene
lo que a la razón conviene,
ya que tragedia entretienes
si por la borda cayeres.

»Roma sirve de trinquete
para maniobrar las leyes,
hacer de lenguas intérprete,
tender mil arcos y puentes,
dar a la rueda pesebre
y encauzar fundida nieve.

»Y ese palo mayor siente
que hasta tocar a Dios puede,
de catedral su alfiler,
que conoces burgalés,
que ancla la vela y la fe,
nos hace humildes al ver
que somos en mar, el pez,
y goza al anochecer
la maravilla del ser,
que enciende tu alma otra vez.

»¡Cuatro palos de una nave,
cuatro puntos cardinales,
verdadero es el cuadrante
que los hace verticales,
y Español es quien lo sabe
y entona la bella Salve!

¡Gran Español Navegante!

~~~~~~~~~~~~~~~

~~~~~~~~~~~~~

~~~~~~~~

~~~~~

—Nunca se vio tal romance
con rima en pares e impares,
pero al ser de España el lance
que vaya la «e» por delante,
que para eso se juntaron
¡tres coronas en un valle!

—Ja, ja, ja, alma y herida estiro,
igual efecto del romance
a las letras del destino,
con sus heroicos cantares
que se pegaron en piedra
de góticos soportales
que cosidos por la hiedra
escucharon avatares
de las voces que eran libros.

»Mas, pensándolo bien, Cide,
tampoco en Las Navas fueres,
para entonces tú ya mueres.

—Es el tiempo circular,
de las vidas, don Miguel,
en diferentes niveles
de futuro y de presente
que como bien dijo usted
en el tuétano se mete.
Yo, sólo decirle puedo,
que no envidio época a nadie,
haber vivido el Medievo
es un orgullo importante.

»Nada de siglos oscuros,
la antorcha era bien brillante,
la tarea de los monjes
fue encomiable en incunables,
lo que se empezó en Judea
pudo al fin desarrollarse,
y fueron nuestros caminos
los que Santiago hizo grandes.
Sellos de mil peregrinos
sobre sandalias cabales,
le dieron a toda Europa
propósito al que agarrarse.

—Estoy de acuerdo, Rodrigo.
Traducido ya en gran parte
mira esta copia de folios,
de ese *Calixtillo* códice,
que de lo que tú me afirmas
fiel referencia nos hace.
Aprecio mucho esta guía,
sentencia de nuestro ayer
que el andante penitente,
lee antes de amanecer.
El ritmo cambiará en parte,
y la métrica también,
por descontado esta rima
la misma no puede ser,
como variarán los pasos,
y dolores de los pies...

uía del eterno viajero, de cómo hacer Buen Camino,
Lee dentro de este Códex, el libro Número Quinto.
Oh bendito Calixtillo, oh piadoso Peregrino,
Recuerdas a todo el Orbe, que llegó a predicar Vivo,
Iria Flavia desde Judea, el Santo Apóstol Jacobeo,
Aquí después da súa morte, reposaron en Mausoleo.

A Coruña o Ferrol, de Winchester a Southampton, paseando.
Los barcos que ancla el inglés, al Rey Arturo van honrando.

Aquisgrán, céntrico e imperial, Capilla de Carlomagno,
Puso en sus sueños visiones, de proteger el tesoro.
Óseos restos del Apóstol, lucharon codo con codo,
Sarracenos de Almanzor, que arrasaron con todo.
Traspasarlos y empujar, más allá del Ebro y Douro.
Olvidó el Magno su tacto, pues a Pamplona dejó sin muro,
Lástima lo de Roland, por quien Francia, llora en coro.

Sevilla inicia la platense, por la calzada del romano,
Agua copiosa beberás, y un botijo siempre a mano.
No te demores en Zamora, ten cuidado con los Dolfos,
Te embaucará su belleza, y sentirás dolor en torso.
Islandia por diferente, es tierra del Vikingo,
Al norte casi glacial, más oeste no imagino.
Galway, dice el irlandés, es lugar de muy buen puerto,
Obvia decir también, que el lúpulo anda suelto.

Quart de Poblet, desde el Levante, a pie o a caballo,
Un día al Cid vio entrar, qué lugar tan hospitalario,
Ecuestre mejor opción, o en Cuenca quemarán tus cascos.

Noruega, empiezas en Trondheim y bajas luego hasta Oslo,
Odense, enlazas con Lübeck, y de ahí directo a Hamburgo.
Suecia, mejor Estocolmo, con veloz velero atracarás en Rostock.

Irún, de Vasconia sales, cruzando gratis, la ría de Orio,
Laredo a Santoña, parecido, un maravedí te ahorra tu vestido,
Ultreia et Suseia en adelante, fuerzas repondrás con mero,
Muchas olas tú verás, más blanco que azul en enero,
Incienso olerás en Llanes, también lo que escancia el sidrero,
Notre Dame de playas con arcos, al mar despides en Ribadeo.
Órganos librarás de males, pasando, el Cantábrico entero.

22

Saint Jean Pied de Port, por Valcarlos más llevadero,
Obradoiro de caminantes, al pasar el Pirineo,
Báculo bien agarrado, en invierno con trineo,
Roncesvalles, si llegases, lograrás el primer sello,
Empezarás decorando el mapa, con románico y helechos.

Lisboa, es partida del portugués, que nunca llega al olvido,
Aprende estas cartas digo: Coímbra, Porto, Castelo y Vigo.

Tallin, al extremo noreste, si lo acometes, directo al cielo.
Innsbruck, tiene mucho mérito, se come Alpes y Pirineos.
Estambul, tiene guerreros, los cruzados harán de escuderos.
Rusia no recuerdo, pero a su lado Polonia, es un reguero.
Roma, por la Vía de San Francesco, así es fácil saberlo.
Amiens, en Camino Bajo, hay del Bautista un cráneo, creo.

El Pilar de Zaragoza, es otro gran poste de primero,
La Virgen se le apareció, para calmarle el regreso.

Cuando un rey se empeña, convence a todo su Reino,
Alfonso Segundo, el Casto, para ser más parco.
Muchos le imitaron, al monarca asturiano,
Intentando llegar, al lugar del hallazgo.
Nace a las puertas, de la Catedral de Oviedo,
Ostenta el título de Primitivo, y merecido es ello.

Decapitado por Herodes, mártir por insurrecto,
Elegido por Jesucristo, para verlo resurrecto.

Liébana y su trozo de cruz, merece desvío pequeño,
Apocalipsis incluido, en la explicación lo reseño.

Venas de un continente europeo, que llegan a mar abierto,
Índice que agranda mi cuerpo, y da sentido a los pueblos,
Antiguos ríos que sacian, a todo el mundo moderno.

Linterna para el que transita, su vida por un desierto,
Ángel botafumeiro, sacude sus alas en bóveda del universo,
Cascada de lenguas que empiezan, hablándote en arameo,
Toda una galaxia impresa, en rocas, arena y suelo,
Entra por el Pórtico de la Gloria y dale a Santiago un beso,
Aliviarás de la mente jaleos… y alcanzarás, el Jubileo.

—Mi Edad Media don Miguel, imposible es de vencer,
y el latín de la abadía, mejor que hojaldres de miel.

—Cide, el Medioevo es recurrente, volverá a estar presente,
diecisiete, diecinueve y en las teclas de Reverte.
Los siglos traerán modas, pero algo en ellas se tuerce,
por curiosa paradoja, de raíces algo endebles:
árboles recién plantados tendrán unos lustros verdes,
pero secan de repente por regarlos con la mente.
Románticos y barrocos a tu Sacra época vuelven,
golondrinas cuyas almas, se nutren de hojas perennes.

»Es en tu larga Edad Media donde a Dios no se enmudece,
lo celebran las *Cantigas,* música a la Santa Madre,
y las *Coplas* de Manrique, a la muerte de su padre.
Cantigas con partitura son mucho más agradables,
me valen para un altar o en la acera de una calle,
no las puedo imaginar sin su influencia romance,
ni en gaélico escocés, ni en idioma de Brabante,
en galaicoportugués, son vieiras en el Algarve.

»Quien de verdad se alegró, del llegar de ese lenguaje,
fueron otros instrumentos, que hallaron acompañante:
arpas, salterios y cítolas, chirimías y añafiles,
laúdes y cornamusas, zanfoñas y tamboriles,
todos juntos se ilusionan, al escucharse en maitines.

—Pues no lo había pensado, la nota es de agradecer,
aquí el único instrumento marca la Polar de diez.

—Y hay algo más valioso aún, que nuestro amado lenguaje...
—Pues no lo sé, don Miguel, siga instruyéndome usted,
pero cambiemos el ritmo, y la métrica otra vez.

—Pues tú, Cide, el personaje,
sin ti, sería un ultraje,
de alguien tienen que tratar
cuentos, moaxajas, zéjeles...
Para quesos en despensa
ya hicieron listas los frailes,
y amasaron muchas glosas
para digerir latines,
mas, si volar, tú prefieres,
sube a alfombra de «Aladdines».
El público quiere plato
y miga con qué llenarse,
sin ella no habrá juglares
ni elegantes trovadores.
Ejemplo, don Juan Manuel,
que hizo en cuentos malabares,
desdoblando sus historias
en multitud de talantes,
y aplicando maestría
para explicar las verdades.
Igual tú con tu armadura
diste esplendor y fijaste,
alba de literatura,
al brillar con tus metales.
Frontera, guerras y amores,
mudéjares algo tristes,
lamentos hacia una madre,
flechazos con arco en ristre,
cautivos con estribillos,
mudanza de sur a norte,
vuelta a copiar Pedro Abad...
¡Menudo el guion que tuviste!

»Siento la curiosidad,
perdón por entrometerme:
¿por qué tanto batallar
y deseo de ser héroe?

—Cansado de tantas jarchas
o de ingerir leixaprén,
repitiéndome al oído
que a su amor querían ver,
vi que el almohade estaba
a las puertas de Jaén.

»Esa vez, esa llamada,
del destino me encontré.
¡Por vivir y por Vivar!,
me dije al día siguiente
y me subí a mi caballo
sin preguntar a mi gente.

»Quise que mi patria hablara
reivindicando en cantares
a Pelayo y su emboscada,
y al líder Fernán González,
y mencionar mis mesnadas
por sus logros y valores,
que dieron en las narices
con suculentos botines,
a esos envidiosos nobles
que sólo ofrecían cobres.

»El león se pegó al trono
ignorando los tambores,
yo me eché el mundo a la espalda
en defensa de mis hombres,
que desde el nido supieron
que querían ser halcones,
pues los buitres con carroña
ensuciaron los blasones.
Mesnadas no eran quincalla,
pronto lo hicieron saber,
con sus épicas campañas
dando historias al Mercer,
y protegiendo campanas
para un nuevo amanecer.
Reinos de Taifas al sur
con lujos y divisiones,
reinos cristianos al norte
con alfiles en las torres,
en el medio mi Castilla
ocupando posiciones,
y dominando el tablero
con caballos y peones.
Hay momentos en la historia
más propensos para un héroe,
y si hablamos de heroína,
sin duda, mi Jimena es,
que en el juego fue la reina
que desde atrás todo ve.
Nacimos en la buena hora,
vivimos con honradez,
la historia recordará
nuestro jaque al ajedrez.

»Creo lo sabía bien,
Alfonso el Rey leonés,
que con disfraz de cetrero
me soltó muy astutamente
para que lejos volase,
sus enemigos mostrarle,
cazarlos yo para él gratis,
y volver luego a su guante.
Tengo claro lo que vio:
Castilla era más pujante
y el nuevo tiempo pedía,
parlamento, no arrogantes,
por algo tenemos Rey,
que es a quien, yo obedezco antes.

—Cuidado con los halcones
que provocan situaciones,
si se cuelan en jardines
de doncellas con galones.
Hablo del tonto Calisto
que enfermó de un mal de amores,
cuando vio a esa Melibea
y a sus bellas posesiones,
en aquella Salamanca
a las orillas del Tormes.

»Esa vez llamó el destino
con muy malas intenciones,
culpa de vieja alcahueta
enredando con pasiones,
en su cocina de alternes
a los criados y señores,

que a todos vendió ilusiones
pero a nadie soluciones,
y más de uno acabó mal,
cayendo por los balcones.

—A río revuelto dicen
«ganancia de pescadores»,
o de cabeza a él se tiran
desde lo alto de una torre.
Ya le dije, don Miguel,
que hay maldad en las ciudades,
nada bueno va a pasar
cuando emergen los rufianes,
sin clase alguna decente
a medrar en capitales.

—Sí, los tiempos cambian, ¡Cide!
La nobleza cuestionaste,
y como bien señalaste,
la burguesía agrandaste.
Todos querían tener
un pozo de agua potable,
mas río sólo había uno,
la presión… insoportable.

»Pero algo sí que pasó
del todo muy interesante:
ver cómo ellos se burlaban
de dragones medievales
atacando a damiselas
con ridículo rescate,
y enfocaron mucho más
en profundos personajes.

»¿Llorar por una mujer,
perdiendo cabeza y gen?
Bien lo dijo la sultana,
«que lágrimas no derrames»,
y nobles abencerrajes
nada pudieron hacer,
y aunque mucho lo intentaron,
vieron a madre e hijo, en Fez.

—¡Ay de mi Alhama y de mi alma!
No lo entiende don Miguel,
Calisto y su Melibea
pecaron en su papel,
quitándose la vida ella
cayendo de escalera él,
pero el autor pretendía
ver transcendencia en el ser,
si no están juntos en vida
que sus dos almas lo estén.

—Debo de estar más despierto,
ver más allá de mis lindes,
debo soñar libro abierto,
¡cuánta razón llevas, Cide!

—No sé yo si dichos cambios
con franqueza aguantaré,
no me haga la consonancia
o ese tiempo evitaré.

(Cuatro golpes en la puerta
interrumpen de repente,
un marinero asustado
trae noticias urgentes).

—¡Capitán, mi timonel,
hemos divisado un bote,
a bordo va un hombre extraño
y hacia nosotros se viene!

(Los dos a cubierta salen
a hacer las observaciones,
sin dudarlo ni un segundo
Cervantes toma el volante).
—¡El bote va a la deriva
nos chocará suavemente,
arríen todas las velas
y lancen cabo potente,
no quiero que en pánico entre,
pues buen cristiano parece!

(Por la zona de la escala
al marino errante suben,
comienzan las atenciones
y también indagaciones).
»¿Quién eres, de dónde vienes?
¿Eres católico o hereje?,
¿cuáles intenciones tienes?
Marinero, ¡habla, responde!

—Mi nombre es Alonso Sánchez, piloto y mejor mercante.
Soy un orgulloso onubense, navego desde poniente
con dirección al levante para entregarles mensaje.
Llevaba un tiempo esperándoles y deseando cruzarles,
mi suerte es que aparecieron sin yo apenas esforzarme;
veintiocho de travesía y el odre no era bastante,
al menos en adelante, más que arenques probaré,
y espero me partan panes, pues para bollos, siempre hay hambre.

—¡Sí, casi en dos le partimos,
eh! —dijo enojado, Cide—.
¿Por qué habría de creerle?
¡Conteste en claro romance!

—¡Calma! —replicó Cervantes—,
recuerda, trae un mensaje.
Concedámosle la duda,
sabe Dios de donde sale,
creo empezar a creer
en estas casualidades.

(Alonso saca el papel,
en ese preciso instante).
—Tome, Señor Capitán,
aquí está escrito el enlace,
léalo con mucha Fe
pues del Superior lo traje.
Son cuartetas castellanas
escritas divinamente,
llevan epígrafe al frente
y lo que dicen coincide,
con lo que me reveló,
en un bosque un vigilante,
antes de que yo emprendiera
mi *Odisea* delirante.

»Y al Cid de corazón digo
que nos creemos los héroes,
y es en verdad el de arriba
el que elije sabiamente
para que luego seamos
los más agraciados siempre.

El capitán lo cogió
y se dispuso a leer,
y le oyeron recitar
los versos que ahora ves…

Dios te regaló a ti España
la ruta que cerró el mundo:
«¡Lleva a Cristo a tierra extraña
antes que llegue el segundo!».

Misión que completa el Orbe
es divina y muy mojada:
«No se la confío al torpe
que enseguida saca espada».

La vida es una misión
y ningún mar me marea,
yo soy la Cosmovisión
y al temor lo hago tarea.

Al tiempo no pido tregua,
cuadradas, latinas tiran,
sumando legua tras legua,
mientras las pardelas miran.

«¡Velas con alisios crezcan
rumbo oeste por la esfera,
que tus naves aparezcan
por Continente que espera!».

Nadie sabe cómo lo hiso
esa gente tal hasaña,
trajo al Hijo al Paraíso,
mucha fe los acompaña.

Desde ahora y eternamente
un mestizo va en tu vientre,
pura mezcla de simiente
con vos soy uno para siempre.

Toma papa y mineral,
yo te salvo vieja Europa,
a hombros y mula el costal
para seguir viento en popa.

Subiendo tu Cordillera
llegaré hasta donde pueda,
besar al cóndor siquiera
para compartir mi rueda.

Fuego antiguo apareció,
en africanas laderas,
mismo fuego propulsó,
en Cañaveral, toberas.

La llama sale del alma,
su vapor se hace palabra,
une voz, raza y nos calma,
no habrá corazón que no abra.

El hombre rescata al hombre
si toma impulso divino:
«Misión que lleva mi nombre,
no es misión sino destino».

Hispanidad es compás,
brújula de libertad,
rendirse nunca jamás,
su destino, la verdad.

«¡Velas con alisios crezcan
rumbo oeste por la esfera,
que tus naves aparezcan
por el Pacífico y estrellas!».

El capitán resopló
y habló en alto hacia poniente:
—Sí, cualquier tiempo pasado,
fue mejor, si hizo al lenguaje,
y sus tablas forman casco
de Español de cien variantes,
y alforjas llenan las letras
que permiten largo viaje.

»Necesito descansar
que ya demasiado hablé
y después de esta misiva
fuerza necesitaré.
A estribor quedará Calpe,
con Abila a babor pues,
avisadme a doce leguas
de La Rábida y Moguer.

—Descanse pues —dijo, Cide—,
que como manda lo haré,
y en Huelva le dejaré.
Yo seguiré a Finisterre
y allí sí me bajaré,
y a los míos volveré,
que esta carta no la entiendo
por algo deberá ser.

»Gané una batalla muerto
pero no tiento a la muerte,
ese océano es muy grande,
sabe Dios dónde se mete.

»Mil años en mi Edad Media
algo aprendimos muy bien:
final de todo camino,
la Torre de Hércules, es.

»A mí pido que me entierren
como aquel noble Doncel,
armas pegadas al pecho
por defender buena fe,
y leyendo alguna página
de la Biblia o del Mester.

»Mi buen señor capitán
un buen vasallo merece...

—Como Sancho a mi Quijote,
que a sus pies se enorgullece.

—Como un servidor a España,
a la que nunca se miente.
¡Desplieguen todo el velamen,
y el timón... rumbo al oeste!

¡Gran Español Navegante!

~~~~~~~~~~~~~~~~~~~

~~~~~~~~~~~~~~

~~~~~~~~~

~~~~~

Océano Renacentista

De la verga del trinquete
colgaba un gran genovés,
condenado por su suerte
y los juicios del ayer.
Boca abajo suspendido
con la soga por los pies,
la gravedad de sus huesos,
surcar el mar del revés.
Agolpados en cubierta
marineros y grumetes,
con sus dimes y diretes
querían mostrar sus dientes.
Mil leguas de travesía
serán el doble de breves
que veinte metros de eslora
con diez cañones en serie.

El primero disparó
por boca de un falso fraile,
no hemos llegado a destino
y este azote todo sabe:
—Yo le acuso de maltrato
y de falta de poder,
que a los indios hace presos
y torturas presencié.

(A lo cual yo contesté
con firmeza y sensatez).
—¿No eras tú ese secretario
que *Diario de a Bordo* escribes,
o eres el fraile germano,
hipócrita hasta la nuez,
que desprecia todo hispano
y bien que se erige en juez?
Cambias hisopo por maza,
curiosa tu extraña fe,
como tu visión de razas
muy poco cristiana lo es.
¿Cómo es siquiera posible
que del negro no te apiades
como del indígena haces,
yendo en contra de Isabel,
y la libertad le niegues
al de la azabache piel?
Qué feliz será el inglés,
por no hablar del holandés,
propaganda gratis haces
de tu falso parecer.
Paradoja que tu capa
sea negra como tez
del que excluyes tener alma,
querido Bartolomé.

—Algún día el Almirante
me podrá reconocer,
que las primeras palabras
de *las Indias* registré,
y fueron mías las letras

que ya quisieran herejes
haber escrito una vez.

—Razón tú llevas en parte,
no hay figura semejante
a la tuya denunciante
en Cristiandad circundante,
y bitácora llenaste
con un negro sobre un blanco
en papel más importante,
pero debo recordarte
que si te oye el Almirante
te frotará por la cara
su Carta a Luis de Santángel.
Se queda aquí tu leyenda,
que los alisios no atrape,
si alguien la quiere avivar
que su barco en lodo encalle.
¿No pasamos un milenio
con gente muy diferente,
aprendiendo y compartiendo
lo que tensaba la mente?
¿No unimos tres religiones
en enormes poblaciones...?
Con ferias de varias lanas,
un hombro con hombro siempre,
con zocos llenos de olores
y esas aljamas de orfebres.
El que venga a dar lecciones
que traiga su propio aceite,
para mezclarlo en barril
o se pudra a la intemperie.

El segundo cañonazo
lo dio al aire un Arcipreste:
—Digo de haber visto al reo
besando mujer pudiente
en nuestra feliz escala,
en la isla oeste del Teide.
Razón de parada fue
reparar el gobernalle,
no apañar tipos de encaje
ni otros artes de malaje.

(A lo cual yo repliqué).
— ¡Deje en paz al Almirante!
Que bastante tiene ya
con hacer sus malabares:
negociar en Santa Fe
con la baraja sin ases,
vérselas al Rey Fernando
que a Maquiavelo deshace,
rechazarlo el lusitano
y salir bien de Belém,
y montar en «el veintiocho»
sin echar timón al traste.

»Lo que he dicho amigo mío
no lo hace alguien botarate,
y seguir derecho el rumbo
claramente usted no sabe.
Pues sepa Vuestra Merced
que raro es no verle a usted
desviarse por la sirviente
de la Beatriz pudiente.

»Vuestras huellas hay en Toledo
de sucios antecedentes,
exigiéndole a su criada
servicios que ella no ofrece
y dejando al pobre Lázaro
más huérfano ante la plebe.
Cuernos que Lázaro crece,
más altos que el volcán ése
por vuestra culpa él sostiene,
y no hay boca que ello selle.
Aunque sus penurias lleve,
desde el Tormes donde emerge
hasta el Tajo donde muere,
la vergüenza no le puede
al hombre superviviente
que vive muy humanamente.

—Capitán, no humanamente,
en todo caso, sagazmente.
Lázaro pudo elegir
de nuestro trío marcharse,
misma forma que salió
de la Merced y su fraile,
lo que sucedió en Toledo
es bien fácil de explicarle:
la vida le fue mejor
y consiguió acomodarse,
con un oficio del rey,
¡qué más quiero molestarme!
Aprendió bien de bulderos,
clérigos y capellanes,

cómo no del escudero,
del esfuerzo a escaquearse.
Me consta lo avisó el ciego,
«los cuernos de la pared»
y Lázaro con el tiempo,
debió de saber que era él.
Si supo el vino robarle,
de tres formas diferentes
cuando casi iba en pañales,
no entiendo falta de lentes
con matrimonio de tres
cuando vestía jubones.
Discípulo superó
a los maestros con creces,
solo pareció importarle
aventajarles con dieces.

—Pues gracias a dicha epístola
mi novela vino a mente
y salga magma candente
si mi lengua en algo miente
que la vida de ese pícaro
me inspiró por fehaciente.

—Pues si novela salió
de mi amistad con serpiente,
mil pliegos no bastarán
para el volumen siguiente.
A mitad del dieciséis
nos publican en Amberes,
no entiendo por qué me saca,
el siglo antes de nacer.

— Ya os tenían en la mente,
a Lázaro y a ti, Arcipreste;
pienso que «anónimos» son,
tal vez divino mensaje,
que Envía a la población,
en caso de adversidades.

—La epístola es un reflejo
de sociedad insaciable.
¡Y qué culpa tendré yo
de no saber controlarme,
cuando el clero alrededor
amaba tanto la carne!

—Cuán distinta es mi visión
del ser humano vigente,
aquí se quede este lastre
y a destino nunca llegue,
demasiada es esta alforja
para que al casco se pegue.

»¡Ya me susurran las velas,
el darle magia al pasaje!
De Celestina y sus artes
ninguno leyó esa parte,
menudo lupanar crece
cuando el hombre se envilece,
elige manzana verde,
materia y sólo presente.

»Con razón llegó Cisneros,
para poner algo de orden,
fundar mi Universidad,
políglota complutense,
llevar a cabo reforma
y vivir austeramente.

»Más de churra que merina,
de ayunar todos los viernes,
dejó la ambición de lado,
la santidad, él merece.

»Lo que necesitó España
lo entendió perfectamente:
la tierra estaba muy plana,
cogió el arado y los bueyes
y no paró de hacer surcos
hasta llegar a Regente,
y si un noble se equivoca,
pues, «estos son mis poderes».

¡Gran Español Navegante!

~~~~~~~~~~~~~~~

~~~~~~~~~~~~~

El tercero fue una salva,
incienso sin bala cruel,
provenía de la cofa
como debía de ser:
— ¡Suba, suba don Miguel
que aquí arriba está el saber!
¡Capitán por el obenque
que elevarse es renacer!

(Con mano firme trepé
apoyando fuerte el pie,
y con serio manierismo
mi figura yo alargué).
—Desde el puesto de vigía,
mano y dedo a mi rescate
bajan ya del azul cielo
como al mismo Miguel Ángel.
Agradezco marinero
mi nombre su voz gritarme,
perdón si omito yo el suyo
pues no saludé al embarque.

—Soy Francisco de Vitoria,
mi ausencia pido disculpe
de dicha suelta de amarres,
pues un joven onubense,
natural de aquellos lares,
me entretuvo allí en el muelle
pidiéndome reflexión
sobre unos *ius animales*.

»Mi paciencia es infinita,
la curiosidad me invade
y a veces peco de suave,
mas yo no pude ayudarle.
En mi Salamanca estuve
veinte años como docente,
imposible desprenderse
del disfraz que vela enciende.
Es lo que tiene ser profe
que jubilación pospone
a los años de la muerte,
es la gracia que da el Padre
a humano que siempre aprende
y de vigía me tiene,
queriendo yo llegar vivo
a una tierra más caliente.

—El hábito no hace al monje,
yo nazco cuando usted muere
y mi querida Alcalá
envidia a sus clases tiene.
¡Ay!, quién pudiera haber sido
de sus lecciones oyente,
llenar mis yemas con callos
de dictados elocuentes.
No se apure por Jiménez,
que así se llama el novel
que le pidió tal encargo
de animales y sus leyes.
Su siglo es el diecinueve,
y no digamos el veinte,
donde se lleva buen premio
por ser burro e inteligente...

»Aquí arriba hay más meneo,
espero no me desmaye,
pero hay menos ajetreo
de fariseos locuaces,
que son el perfecto ejemplo
de cerebros sin agarre.

—Este Gólgota de troncos
sobre océano se mueve,
con tres cruces bien erguidas,
la del medio Dios prefiere.
En este prado azul vieres
que pastar las aves pueden
y dejarle al de muy arriba
equivocarse mil veces,
pues Él sabe lo que beben
y lo que beben conviene.

—¡Aleluya! ¡Intelectuales,
ante mí! —gritó Cervantes—.
Sois gente humilde y sencilla
con la savia de un ciprés,
la que ilustró a toda Europa
antes que la del francés.

—*Beatus ille qui* puede
de tanto ruido alejarse,
pero Dios me regaló,
la vida para adaptarme.
En París yo pasé un tiempo
conversando con doctores
y pronto me percaté
de una verdad de dos soles:

no todo mortal cristiano
hace toda cosa bien,
llevar la cruz no te exime
de elegir mal sobre bien.
Salvarse es lo que se debe
y no hacer lo que se quiere.
Eficiente y suficiente,
que las Gracias no te nieguen,
pues el aliento divino
lo recibe todo ser,
pero al cielo solo sube
el que merece a su ver,
por las buenas obras diarias
y no por tener gran fe.

—En Roma yo vi más de uno
que da la razón a usted,
sirviéndose de la Iglesia
para subir más los pies.
En Argel me percaté,
que el muy fanático quiere
servir de forma sumisa
y no cuestionar la fe.
Y al protestante le digo
que muy firme su bolsa ate,
que como oficio es perfecto,
pero al morir algo falte.

—Nunca entendí esa manía
de juzgar al comerciante,
sin él no habría mercado
ni los puestos ambulantes.

»Dios nos da más libertad
de lo que la gente sabe,
no es pecado comerciar
ni ganarse unos reales.
El precio debe ser justo,
no una dobla por guisante,
ahí está la alta virtud,
en tolerar coste ecuánime
que le otorgue a un reino avance
y al molino no lo atasque.
El que peca es el que abusa
y eleva deuda a pillaje,
hacia él mismo carga un débito,
y en su débil alma, un lastre;
vivas manos, vivas llamas,
que se harán incontrolables.

—Así es, mi juicioso padre,
y a eso me referí en parte.
Es difícil definir
la labor del gobernante:
si das plena libertad
no habrá suma que te cuadre,
si requisas todo el trigo
acabarás en la cárcel.

—El precio justo lo marcan
las circunstancias vitales
y al ser humano le agrada
sentirse buen negociante.

—Mi necesidad un día
prueba de su tesis fue...
En mercado toledano
compré valiosos retales
que continuaban la historia
del mejor de mis seriales.
Al chico mi arte pagó
el saco por dos reales,
si por mí fuera daría
la Giralda hecha brillantes.
Mismo caso el de la Cosa,
que si llega él a saber
lo que esta Nao va a hacer
en glorioso amanecer,
le sube al Gran Almirante
un millón el alquiler.

—Cosas que precio no tienen
lo desvela al vuelo el cliente,
por el hecho de soltar
su sueño en cada billete.
Y luego están nuestras vidas,
maldito es el que las tase,
pues son un sueño de Dios
y sólo Él sabe qué valen.

—Gracias a los trinitarios,
que pagaron mi rescate,
me di cuenta que mi vida
era toda incalculable.
¡Qué importante es en la cuna
nacer con onza de suerte!

»Pobre de aquellos esclavos
que quedaron en Argel
y no pudieron salir
por hecho de no ser quién.
¡Afirmo, con gran tristeza,
yo, don Miguel de Cervantes!

—Desconozco los detalles
y al Señor pido los halle,
que en su seno los acoja,
pues no hay mejor padre que Él,
y su alma de vuelta den
a quien la puso en su ser.
Somos libres al nacer,
Dios de eso se encargó bien,
nos dio ropa bien holgada
para gozar de este Edén,
ningún sultán se interpone
al divino proceder.

—Dicha suerte bien sabemos
los súbditos españoles:
que el poder a nuestro rey
no le cae vanamente
cual carta magna celeste;
el trayecto es más terrestre,
pues pasa por estafeta
que lacra la «G» de gente.

—El bien común es la llave
del San Pedro gobernante,
superior a los estados
y que abarca dos mil mares.

»El derecho natural,
será el que al final nos dé,
visado a la eternidad
como gente y no patanes.
Aquí no se leen nombres
presentes en el pasaje,
pero van en la bodega,
Aristóteles y Tales.
Humanismo es releer
clásicos en adelante,
cómo no a Santo Tomás,
y rezar por todas partes.

—Es siglo de áurea gente
que moldea santos y héroes,
que gracias a sus ideas
nos abrió camino en mente.
Mas la duda me cayó
como gota de esa nube:
Padre, no hablamos de amor,
ni de cosas del placer,
unir razón y pasión
algo muy formidable es...

—¡Uy!, yo de eso poco sé,
mi celibato es muy fiel,
pero puede preguntarle
a ése que abraza el bauprés.
Tome usted mi catalejo
para divisar su piel,
verá una rosa y azucena
tatuadas en noble tez.

»Le apodan «Príncipe» y no es,
al menos por lo que sé,
va seguido de «poeta»,
de lo cual, es más bien, *Rex*.

—Mi iris reducido ve,
mucho caso yo le haré,
me deslizo con un cabo
para aprender algo de él,
aunque esas flores me huelen
a un glorioso florecer
de hermosas letras hispanas
y un Imperio del saber.

—La educación es la clase
y agrandar el horizonte,
quien quiera sabiduría
que al pupitre nunca falte,
siempre querer aprender,
ése es el mayor placer.

¡Gran Español Navegante!

~~~~~~~~~~~~~~~~~~

~~~~~~~~~~~~~~~

~~~~~~~~~~~

En el mascarón subido
sujetado por sus bíceps
viajaba el buen caballero
abrazado a bella esfinge.

—¿Cómo aguanta así este viaje?
(Con sigilo pregunté).
¿Quién es la bella mujer?
(Con respeto le indagué).
¿Por qué echa lágrima al agua?
(Con silencio me callé).

—Un favor pido, al frente de esta barca,
que usted, como sabio oficial disculpe,
el metro de once, que mi boca esculpe,
en honor a Boscán y al gran Petrarca.

—Mientras haya una «e» asonante
fijando los versos pares,
que las dos métricas hablen
que ya sumaré yo tres, a su itálico cante.

—¿No abrazar mi soneto y sí al bauprés...?
Sobre lo que su nariz vino a oler
seguiré pues con pertinaz mudez.
Las respuestas nadarán en mi vientre
como Jonás en el gigante pez,
a no ser que... elimine rigidez.

—¡Cómo tapar la Sixtina, el Foro o al mismo Marte,
o a la cúpula del Fiore, ese epítome de arte!
¡Cómo callar al príncipe poeta y guerrero,
al sumo soldado y alquimista de su tintero!
Para juntar museos, el Mare Nostrum nace,
para darnos vida, Sevilla y Nápoles laten.
Séneca cogió un papiro y lo arrolló a un pincel,
Tiziano tomó el testigo y se adornó en pastel.
A su letrada alteza es justo dejarle hacer,
casando Italia y España, en océano también.

—Soy el señor que libra trifulca y enredo,
soy la Castilla que va hacia adelante,
soy el fiel servidor del que nació en Gante,
soy el toledano que cercó Toledo.

Es mi valor al que siempre odia el miedo,
es mi linaje el que no quiere achante,
es mi puño el que mucho estira al guante,
es mi acero el que en buena cuna heredo.

Galopar es más bello dando fusta,
quiero mar brava que al barco no alfombre
y rompa la ola como a mí me gusta.

Anhelo ser digno y buen gentilhombre
pues nadie me atrapa y nada me asusta,
primera respuesta espero le asombre.

—Veo torres de fosos negros y almenas blancas,
hay velas que se empapan como si hubieran sed,
veo nimbos que usa Júpiter como palancas,
hay una con forma de oído y otra termina en red,
veo que Dios manda tres bestias de enormes zancas,
hay una que le dará miedo incluso a su merced,
veo cántaros y granizo como petancas,
hay horizonte, pero lo tapa una gran pared.

—Es fuerte y con dos salientes de acero,
es de vista azul guanche y ocre francés
es fina dama y fala portugués,
es mu*Sa* por la que vello acelero.

Soy aire, brisa, racha, y tocarla quiero
soy ciclón que soplará cien corsés,
soy terca marea y no descortés,
soy tromba, ola, gota, y por entrar muero.

Se hizo la nave para mar movida,
como mi sangre que fluye en corriente
y activa vena que espera escondida.

El Señor me dio un corazón ardiente,
me regaló amor, yo regalo vida,
segunda respuesta es todo un presente.

—Siglo de Oro de las letras que ahora comienza
de victorias infinitas y fe inquebrantable,
preguntar vuestro nombre sería desvergüenza,
excelso don poético de fama innegable.

Nadie os supera, al hacer de frases fina trenza,
hermosas églogas, de un cerebro formidable
que la maldita suerte, lo hirió un día en Provenza,
¡quién estuviera allí, para lanzaros un cable!

Me deleito con vuestros versos más que «el Divino»,
y os aplaudiré como a Dante, y no a los pedantes,
que agarran la copa, y se olvidan del palatino.

Sois vos alta inspiración, lo digo yo, Cervantes,
porque juntasteis, cielo y tierra en lo femenino,
y así seréis, para infinitas plumas y amantes.

~~~~~~~~~~~~~~~

~~~~~~~~~~~~~~

~~~~~~~~~~

~~~~~~

—No es luchar, en bando opuesto a mi hermano
ni la lanzada que a mi boca agrede.
No es denuncia, contra mi edad rebelde
ni el destino amargo en río germano.

No es que mi amada, rechace mi mano,
ni dejar hijo que de mí depende.
No es ver de lejos, a quien no te atiende,
ni alejarse, la que yo ruego en vano.

Su última pregunta pude sentir,
tuvo el gusto, del que al honor se adhiere,
mas sus dos ojos no saben mentir.

¡Ay, si como yo viví, alguien pudiere!,
lágrima cae pues gozo existir,
y por dolor, de que el tiempo, no espere.

—*¡Con razón os dieron, el testigo del romance,*
qué más podría pedir yo, que a Su Alteza en trance!

—Que usted haga el favor de tutearme,
y unir voces, que permitan izarme.

—*¡Cantemos entonces, como hace un gran navegante,*
y mirando al mar, una oda, a lo más importante!

Valor, amor, dolor, el triángulo español, vértices y lados del perímetro de sangre, honor y fuego
Viejo es tu linaje, que un día tartesio fundió al bronce y luego romano acuñó en metal noble

lo veo en blasones repletos de cruces y leones en gules de la patria que volvió a su credo
que alzó su iglesia dentro de la cueva del verde monte para hacer de virtudes valores

de la tradición, que sujeta balcones, dinteles, salones, en casas de piedra con fuero
y de la azul cordillera se deslizó a mesetas de espigas que dieron paso a vides

espejo de fértiles vegas que vieron trotar la estirpe más brava del caballero
que calmaron el hambre, la sed, y cinco sentidos de tu mezcla de raíces

por donde se curtieron la infancia y la juventud del eterno guerrero
y te otorgaron toda la fuerza en cada contienda donde renaciste

que hizo del buen católico y español, un sinónimo de entero
poniendo cuerpo y alma en la plaza mayor del que asiste

porque disfruta de nuestras dos vidas como el primero
tejiendo con hilo del carpe diem tus vitales tapices

quien no dudó en arrojarse al océano en velero
viajando de frente al encuentro del diferente

en vez de quedarse atrapado con miedo
hasta llegar a misterioso continente

ya que alguien le gritó «espero»
pues una gente dijo «vente»

y contestó sin un «pero»
y allá tú que fuiste

con todo esmero
para siempre

sí quiero
siente

gen

siento el aterrizaje del viento norte
alfa y omega en la rosa de los puntos cardinales
que marca en mi carta sus veraces intenciones de octubre
cifra otoñal desde donde avanza una masa de aire poco corriente
que lo resopla plena de rabia como turba extrema, enérgica e insurgente
con rachas cargadas de ira, mostrando su lado más huracanado en los virajes
y véanse formar siete redondas e invisibles turbinas de envergadura preocupante
galerna de molinos, quizás gigantes, de alargadas aspas, o brazos, de afilados álabes
entre sus dientes van mordidos brillantes sables, yendo al abordaje contra las tres naves
propinando duros, serios y certeros golpes, agrietando quilla, base y rompiendo remaches
rajando el timón, casco y velamen, mandando al príncipe poeta, a mecer con sirenas suaves
pero ser español es un viaje, una misión inefable, y tarea sublime al de allá arriba inseparable
quien de repente hizo que, en el camarote de la fortuna, girasen las tabas del azar del polizonte
porque dicha ráfaga de intenso aire despertó de su sueño al Gran Almirante, que parecía errante
el cual, columpiado por el trinquete, miró al horizonte y gritó la primicia que ninguno oyó antes
270° ¡Tieeeeeeeeeeeeeeeeeeeeeeeeeeeeeeeeeeeeerrrraaaaaaaaaaaaaaaaaaaaaaaaaaaaaaaaaaaaaaa! 090°
cumpliéndose así la más bella epopeya, y gracias a ella la reina *Isabella* coronó su magna esfera
al este por el oeste, atravesando setenta grados en ardua carrera, tres carabelas con sus banderas
el difícil reto era: que alguien la descubriera, de cuerpo entera, y ponerle cara a toda esta Tierra
a partir de aquel doce día rotaron vientos y letras de imprenta, que usaron más vocales abiertas
cuando llegaste a las salvadoras isletas, creyendo las Indias, pero eran Antillas, qué maravilla
después a la Florida y de la Veracruz a Mexica, llevando tu lengua y tu letanía, como debías
entre tanto fue otro italiano por un estuario y en su portulano retrató la escondida América
continuaron así tus ruedas rodando hacia el sur por las cumbres gélidas de la Cordillera
viste la Antártida y por fin contemplamos este achatado planeta con pinta de estrella
seguiste al sol que tiró de tu mano pacíficamente en tu soledad hacia las especias
cerrando la hebilla del vestido de seda que se tejió en Manila para tu puesta
uniendo a todos los pueblos con eterna y curvada ortodrómica correa
sin pausa botando en Australia para impulsar tu retorno a casa
así lograste que el mundo hablara de gesta, de hazaña
de proeza, y por supuesto de ti, España

71

Texto de la Esfera Plus Ultra

350° 355° **360°** 005° 009°

siento el aterrizar del viento norte

alfa y omega en la rosa de los puntos cardinales

que marca en mi carta sus veraces intenciones de octubre

cifra otoñal desde donde avanza una masa de aire poco corriente

que lo resopla plena de rabia como turba extrema, enérgica e insurgente

con rachas cargadas de ira, mostrando su lado más huracanado en los virajes

y véanse formar siete redondas e invisibles turbinas de envergadura preocupante

galerna de molinos, quizás gigantes, de alargadas aspas, o brazos, de afilados álabes

entre sus dientes van mordidos brillantes sables, yendo al abordaje contra las tres naves

propinando duros, serios y certeros golpes, agrietando quilla, base y rompiendo remaches

rajando el timón, casco y velamen, mandando al príncipe poeta, a mecer con sirenas suaves

pero ser español es un viaje, una misión inefable, y tarea sublime al de allá arriba inseparable

quien de repente hizo que, en el camarote de la fortuna, girasen las tabas del azar del polizonte

porque dicha ráfaga de intenso aire despertó de su sueño al Gran Almirante, que parecía errante

el cual, columpiado por el trinquete, miró al horizonte y gritó la primicia que ninguno oyó antes

270° ¡Tieeeeeeeeeeeeeeeeeeeeeeeeeeeeeeeeeeeerrrraaaaaaaaaaaaaaaaaaaaaaaaaaaaaaaaaa! **090°**

cumpliéndose así la más bella epopeya, y gracias a ella la reina *Isabella* coronó su magna esfera

al este por el oeste, atravesando setenta grados en ardua carrera, tres carabelas con sus banderas

el difícil reto era: que alguien la descubriera, de cuerpo entera, y ponerle cara a toda esta Tierra

a partir de aquel doce día rotaron vientos y letras de imprenta, que usaron más vocales abiertas

cuando llegaste a las salvadoras isletas, creyendo las Indias, pero eran Antillas, qué maravilla

después a la Florida y de la Veracruz a Mexica, llevando tu lengua y tu letanía, como debías

entre tanto fue otro italiano por un estuario y en su portulano retrató la escondida América

continuaron así tus ruedas rodando hacia el sur por las cumbres gélidas de la Cordillera

viste la Antártida y por fin contemplamos este achatado planeta con pinta de estrella

seguiste al sol que tiró de tu mano pacíficamente en tu soledad hacia las especias

cerrando la hebilla del vestido de seda que se tejió en Manila para tu puesta

uniendo a todos los pueblos con extensa y eterna ortodrómica correa

sin pausa botando en Australia para impulsar tu retorno a casa

así lograste que el mundo hablara de gesta, de hazaña

de proeza y por supuesto de ti, España

190° 185° **180°** 175° 170°

a la esfera plus ultra y diego de juan dicen: continuará en el más allá la esfera plus ultra y diego de juan dicen: continuará en el más allá

Más imágenes del Viaje

El Cid y Cervantes en Numancia

Romancero Noticiero

El peregrino agradece el Codex a Dios

La soledad de Jimena

Elvira y Sol, tejiendo

Resbalón mortal de Calisto

Padre Vitoria y Juan Ramon Jiménez en Palos

Dejando las Islas Canarias

Clase de Ciencias en Salamanca

Aquel nefasto día en Le Muy

El genovés en el trinquete

¿Madrugada en Guanahaní?

Sobre el Autor

Diego de Juan nació en Madrid en 1969, y desde entonces las primeras letras convivieron con las primeras miradas hacia lo alto y otros horizontes. A lo largo de su vida ha recorrido Europa, África y las Américas, buscando en cada viaje no sólo paisajes, sino fragmentos de memoria compartida. Su interés por la aviación le enseñó a ver el planeta desde otra dimensión, y su admiración por el español y la Hispanidad le dio una carta con la que interpretar el Nuevo Mundo.

Diego de Juan es educador, intérprete y creador de contenido visual, con formación aeronáutica y maestría en Estudios Internacionales. Ha desarrollado contenidos y programas para la enseñanza del español en centros de secundaria en Estados Unidos, trascendiendo la gramática hacia los territorios culturales y simbólicos que la sostienen. Su obra combina rigor histórico con libertad poética.

En esta primera obra publicada, inspirada en el romancero medieval, sitúa a Cervantes como viajero del alma, cruzando siglos, mientras figuras como El Cid y Garcilaso de la Vega permanecen como constelaciones líricas que orientan la memoria. El resultado es un canto que sobrevuela el tiempo y se posa en el lector como invitación a escuchar lo que aún resuena en la memoria del tiempo.

Nota de agradecimiento al lector

A ti que has llegado hasta aquí, gracias por aceptar esta invitación a mirar atrás con ojos nuevos.

Cada imagen, cada verso, cada silencio fue trazado con la esperanza de despertar algo dormido: no en la historia, sino en quienes aún la sueñan. Si en alguna página sentiste el temblor de Cervantes cruzando tu tiempo, la voz de Garcilaso susurrando entre ruinas, o el eco del Cid galopando en tus dudas, entonces este viaje tuvo sentido.

La tradición oral nos enseña que las palabras se conservan en libros y en quienes las repiten. Que tú repitas alguna, que la transformes o la compartas, será la más alta forma de gratitud.

— Diego de Juan

Puedes seguir navegando en rumbo270.com

www.ingramcontent.com/pod-product-compliance
Lightning Source LLC
Chambersburg PA
CBHW070348130626
46556CB00007B/3086